ROMEON
VERLAG

**Schönfried und Schmutzibald - Pirat sein ist nicht leicht**

1. Auflage, erschienen 11-2021

Umschlaggestaltung: Romeon Verlag
Text und Bilder: Claudia Bauer
Layout: Romeon Verlag

ISBN: 978-3-96229-302-4

www.romeon-verlag.de


Bibliografische Information der Deutschen Nationalbibliothek: Die Deutsche Nationalbibliothek verzeichnet diese Publikation in der Deutschen Nationalbibliografie; detaillierte bibliografische Daten sind im Internet über http://dnb.dnb.de abrufbar.

# Schönfried und Schmutzibald

## Pirat sein ist nicht leicht

Claudia Bauer

**Das ist der Piratenjunge Schönfried.**
**Kannst du dir vorstellen warum er so heißt?**

**Vielleicht, weil er stets sauberes Gewand trägt und dadurch hübsch und gepflegt aussieht?**

**Er wohnt mit seiner Familie auf einem Schiff, das vor einer Insel am Anker liegt.**

Schönfried muss vor jedem Essen seine Hände waschen. Sein Vater überprüft immer, ob sie sauber sind. Auf dem Schiff werden andere Schuhe getragen als an Land.

Rülpsen, Schmatzen, Schlürfen und Pupsen ist strengstens verboten! Das Wichtigste aber ist, immer freundlich zueinander zu sein. Kannst du dir vorstellen, wie anstrengend das sein kann?

Seine Eltern kontrollieren auch immer, ob er sein Gewand auf die Bügel gehängt hat, bevor er sich ins saubere Bett legt.

Das ist, wenn man bereits müde ist, gar nicht einfach!

Das ist Schmutzibald, ein kleiner
Piratenjunge.
Kannst du dir
vorstellen,
warum er so
heißt?

Vielleicht, weil er
zerrissene Kleidung
trägt und stets schmutzig ist?

Er wohnt mit seiner Familie auf einer einsamen Insel. Ganz anders als Schönfried lebt er mit ihnen in einer dunklen Erdhöhle. Sie waschen sich höchstens einmal in der Woche!

Auf das Putzen der Zähne
und Kämmen der Haare wird kein Wert gelegt!

Das ist aber noch nicht alles! Bei diesen Piraten gilt: *Du musst schmutzig und unordentlich sein!*

Wörter wie `bitte´ und `danke´ kennen sie nicht. Beim Essen und Trinken wird um die Wette geschmatzt, gerülpst und geschlürft. Im Anschluss daran darf kräftig gepupst werden.

„Piraten müssen Allen das Fürchten lehren!" erklärt Schmutzibalds Vater immer wieder.

**Eines Abends, als Schmutzibald in seinem Bett liegt, ist er enttäuscht: Er wollte sich vor dem Hinlegen ein bisschen waschen, da er seinen Gestank nicht mehr ertragen hat.**

**Seine Eltern aber lachten und beschimpften ihn nur…**

**Vor lauter Geschmatze, Gerülpse, Gepupse und Geschlürfe der restlichen Familie kann er nicht einschlafen. Es ist jeden Abend das Gleiche – er will diese Geräusche NICHT mehr hören!**

**Da hat er eine Idee…**

Als endlich alle anderen laut vor sich hin schnarchen, schleicht sich der Junge in die Fresshöhle, holt sich Brot und Wurst und stopft es in seinen Rucksack.

Er klettert mit Hilfe des Seiles, das er zum Spielen dort befestigt hat, aus dem Höhlenfenster.

Er lässt sich darauf hinuntergleiten, springt auf die Wiese und läuft so lange, bis er erschöpft irgendwo einschläft...

Von Sonnenstrahlen
geblendet, erwacht er auf
einer grünen
Wiese neben einem kleinen
Teich.

Er sieht sich um und entdeckt
Tiere und
Blumen und hört – außer dem
Summen
der Bienen – NICHTS!

Kein Geschmatze, Geschimpfe,
Geschlürfe und Gepupse –
er genießt die Stille und
beschließt, erst einmal
hier zu bleiben!

Auf der anderen Seite der
Insel ist auch Schönfried
schon munter. Nachdem er
sich gewaschen, seine
Zähne geputzt und mit
besten Manieren gefrühstückt
hat, begibt er sich zu seinem Lieblingsplatz.

**Doch als er beim Teich ankommt, bleibt er überrascht stehen und legt seine Hand ans Ohr…**
**Was ist denn das für ein eigenartiges Geräusch?**
**Das hört sich an, als würde ein Tier beim Fressen schmatzen…!**

**Neugierig schleicht Schönfried näher und entdeckt einen Jungen, der …**

…genüsslich eine Scheibe Brot verspeist.

**Als Schmutzibald den anderen Jungen sieht, springt er auf und verzieht sein Gesicht zu einer bösen Fratze. Das beeindruckt Schönfried aber nicht – schließlich hat er gelernt, freundlich zu sein!**
**Er streckt dem Fremden seine Hand zur Begrüßung entgegen, doch der spuckt darauf und schreit: „Was soll ich mit deiner Hand – und wie kommst du überhaupt auf diese Insel?“**
**„Das Gleiche wollte ich dich fragen!“ antwortet Schönfried.**
**Als der schmutzige Piratenjunge merkt, dass der andere scheinbar keine Angst vor ihm hat, setzt er sich wieder hin. Schönfried nimmt ebenfalls Platz. Beide beginnen, sich gegenseitig Fragen zu stellen.**

Der schmutzige Piratenjunge meint: „Ich gehe auf keinen Fall mehr zurück nach Hause! Ach könnte ich doch so sein wie du – nett und sauber!“ „Stell dir das bloß nicht so einfach vor!“ entgegnet Schönfried. Da hat er plötzlich einen Einfall…!

Schmutzibald erzählt von seiner Flucht und davon, wie er sich zu Hause zu benehmen hat…
Schönfried ist sehr überrascht darüber und verrät, dass es bei ihm zu Hause genau umgekehrt ist…

Er springt begeistert auf und ruft: „Komm doch mit zu mir, das wäre sicher lustig!“ Schmutzibald hebt ahnungslos die Schultern: „Meinst du, das wäre möglich? Deine Eltern werden bestimmt fluchen und schimpfen…!“

„Das werden sie sicher nicht!“ erwidert Schönfried.
„Komm, lass und gehen!“

So begeben sich die beiden Burschen auf den Weg zum Schiff.
Schon bald haben sie es erreicht und klettern an Bord.
Schmutzibald ist etwas flau im Magen…

Schönfrieds Eltern begrüßen ihren Jungen
und dessen Gast sehr freundlich.
Auch Schmutzibald grüßt sie, das
hat ihm sein neuer Freund
vorher geraten.

Schönfrieds Eltern
gefällt zwar nicht,
wie schmutzig
der Freund ihres
Sohnes ist, da sie aber immer
freundlich sein wollen,
erwähnen sie nichts.

„Ihr seid bestimmt hungrig!“ vermutet Schönfrieds Mama, worauf die beiden Burschen nicken. Also setzen sie sich gemeinsam zu Tisch, um zu essen, aber stell dir vor, was dann passiert…!

Schmutzibald greift mit seinen Fingern gierig nach dem Fleisch, um es dann genüsslich und laut schmatzend zu verspeisen…!
Das ist aber noch nicht alles:
Er stellt seine schmutzigen Beine auf den Hocker und beginnt zu sprechen. Dabei fällt ihm Einiges aus dem Mund…

Schönfrieds Eltern sind entsetzt!

Nach dem Essen, als sich Schmutzibald in Schönfrieds Kajüte umsieht, ist es mit der Freundlichkeit derPiratenéltern vorbei…

„Du kannst nichts dafür, dass sich dieser Bub nicht benehmen kann, aber ich finde es – im Gegensatz zu dir – gar nicht lustig, wenn er beim Essen schmatzt, schlürft und pupst! Erkläre ihm bitte, wie er sich benehmen soll!" fordert der Vater seinen Sohn höflich, aber bestimmt auf.

Abends, nachdem die beiden Freunde noch jede Menge Spaß gehabt haben, schläft Schmutzibald als erster ein. Er hat noch nie in so einem sauberen Bett gelegen! Schönfried hingegen denkt daran, was sein Vater vor dem Zubettgehen zu ihm gesagt hat...

Darum kann er auch nicht einschlafen – er hört, wie seine Eltern oben an Deck noch über die fehlenden Manieren seines Freundes reden: „Dieser Bub ist nicht gut für unseren Jungen. Ich merke doch, dass es ihm gefällt, wie sich dieser Piratenjunge benimmt! Er soll lieber wieder nach Hause gehen!"

Bevor Schönfried einschläft, fasst er einen Entschluss: Er möchte Schmutzibalds Eltern kennenlernen!

Am nächsten Morgen, als beide Buben bereits gefrühstückt haben, schleichen sie sich vom Schiff. Schönfrieds Eltern vermuten die beiden in der Kajüte beim gemeinsamen Spiel…

„Pst! Sei leise, sonst hören uns meine Eltern noch!“ flüstert Schönfried. „Wenn sie uns erwischen, dann ist es vorbei mit unserem Plan!“ „Ja, zum Donnerwetter, ich weiß!“ antwortet Schmutzibald und Schönfried muss schon wieder lachen…

Guter Dinge marschieren die beiden Freunde los. Schönfried ist gespannt, ob Schmutzibalds Eltern wirklich so anders sind, als seine.

Als beide in der Piratenhöhle ankommen, werden sie lautstark begrüßt:
„Sag Mal, du Hohlbirne, wen hast du denn da mitgebracht?“
Alle beginnen laut zu lachen.
„Mach dir nichts draus – die lachen nicht über dich!“ beruhigt Schmutzibald seinen Freund.
Danach erzählt er seinen Eltern, wo er seinen Freund getroffen hat.

„Kann man so überhaupt essen?“ fragt sich Schönfried zweifelnd!

Als beide Burschen danach schlafen wollen, hält Schönfried die Geräusche, die an sein Ohr dringen, nicht aus: „So kann ich doch nicht schlafen!“ beschwert er sich.

Sein Piratenfreund entgegnet nur: „Verstehst du jetzt, warum ich es hier nicht mehr aushalte? Was zu viel ist, ist zu viel!“

„Ich würde dich ja gerne wieder mit zu mir nehmen, aber ich fürchte, dass meine Eltern davon noch immer nicht begeistert sind…!“
Da sich beide so gut verstehen, wollen sie sich aber nicht wieder trennen, darum schmieden sie, bevor sie dann doch ermüdet einschlafen, einen Plan!

Noch vor dem Frühstück machen sich beide auf den Weg, um einen Platz zu finden, an dem sie beisammen sein können.

„Dann kannst du mir noch Einiges beibringen, vielleicht darf ich dann doch mit zu dir?“ meint Schmutzibald.

„Es ist zwar bei mir auch nicht immer einfach, aber jetzt verstehe ich dich schon“ erklärt Schönfried seinem verzweifelten Freund.

**Zunächst haben die beiden Piratenjungen sehr viel Spaß miteinander. Sie springen über die Wiesen, tollen umher, machen alles, wozu si Lust haben, schließlich ist niemand da, den es stören könnte…**

**Als sie müde werden, entdecken sie eine Höhle, in der sie übernachten Wollen. Da aber keiner von beiden je außerhalb der Höhle oder des Schiffes alleine geschlafen hat, erwacht die Angst vor der Nacht…!**

Während die beiden Jungs vergnügt herumgealbert haben, sind Schönfrieds Eltern schon in Sorge um ihren Sohn. Nachdem sie ihn an Deck ihres Schiffes nicht finden können, greift Schön – frieds Vater zum Fernrohr und begibt sich auf Suche: „Bitte bleib zu Hause, damit wer da ist, falls er inzwischen zurückkommen sollte!“ rät er seiner Frau. „Ich werde ihn schon finden – weit wird er sicher nicht sein!“ tröstet er sie.

„Schönfried! Schönfried!“ ruft er immer lauter und späht durch sein Fernrohr.

**Auf der anderen Seite der Insel hat sich noch wer auf die Suche begeben: „Ja Mistkerl, elendiger, wo steckst du denn nur, du Bengel?“ flucht Schmutzibalds Vater. Doch auch er sorgt sich sehr.**

**Nach einiger Zeit und längerer Suche auf beiden Seiten der Insel …**

**…treffen plötzlich zwei Väter aufeinander. Beide blicken in die gleiche Richtung…**

**Beide stehen vor der Höhle, in der sich ihre Söhne befinden. Erleichtert laufen diese den Vätern entgegen.**
**„Sie sind also Schmutzibalds Vater…?“ „Was dagegen, du Pfeife?“ schimpft dieser.**
**„Entschuldigen Sie, aber warum beschimpfen Sie mich denn?“**

**„Wer schimpft denn hier, du Flasche?“**
**„Auuufhööööören!“ ruft Schönfried. „Wenn ihr so weiterstreitet, dann bleiben wir hier!“**
**„Jawohl!“ unterstützt Schmutzibald seinen Freund.**

Nachdem die beiden Piratenjungen nicht auf ihre Freundschaft verzichten wollen, einigen sich die Väter darauf, sich am nächsten Abend auf der Wiese beim Teich zu treffen, um gemeinsam zu essen und sich kennenzulernen…
Das ist natürlich nicht so einfach, wie du dir vorstellen kannst!

Die `Höhlenpiraten´ müssen Schmutzibald versprechen, beim Essen und Trinken nicht allzu laut zu schmatzen und zu schlürfen, und – wenn möglich, nicht zu pupsen!
Und die `Schiffpiraten´ müssen Schönfried versprechen, nicht allzu streng mit Schmutzibalds Familie zu sein.

Nachdem das erste Treffen recht friedlich verlaufen ist, und die Freundschaft der beiden Piratenjungen durch Nichts zu entzweien ist, treffen sich beide Familien öfter, um voneinander zu lernen.
Die `Höhlenpiraten´ lernen von den anderen besseres Benehmen und Sauberkeit, während die `Schiffpiraten´ einen Tag in der Woche haben, an dem die Regeln nicht so streng befolgt werden müssen.

Schönfried und Schmutzibald bleiben beste Freunde und haben miteinander sehr viel Spaß.

Manchmal hört man die beiden Buben beim Spiel ein gemeinsames Lied singen:
„Wir Piraten sind cool, wir Piraten sind fein egal, wie wir sind, wir sind nicht allein!“

# Piraten Malen

# Piratenlied

10 kleine Piraten, die klettern auf die Bäum´ -
einer kommt nicht mehr herunter, da sind es nur mehr 9!

9 kleine Piraten, die halten am Schiff Wacht –
einer schläft ganz tief und fest, da sind es nur mehr 8!

8 kleine Piraten, die essen Zuckerrüben,
einem ist ganz schlecht davon, da sind es nur mehr 7!

7 kleine Piraten überfallen eine Hex´-
einer wird von ihr verzaubert, da sind es nur mehr 6!

6 kleine Piraten, die steuern in die Sümpf´-
einer hat sich da verirrt, da sind es nur mehr 5!

5 kleine Piraten, die trinken gerne Bier,
einer hat zu viel getrunken, da sind es nur mehr 4!

4 kleine Piraten, die fangen einen Hai –
einer ist verschwunden dann, da sind es nur mehr 3!

3 kleine Piraten, die kochen Haferbrei,
einer will das Essen nicht, da sind es nur mehr 2!

2 kleine Piraten, die wollen zu zweit nicht sein,
sie suchen nach den anderen – und schon sind sie allein!

Ein kleines Piratenkind, das lernt die Hexerei –
Und zaubert sich die anderen 9 ganz schnell wieder herbei!

# Fingerspiel

Seht, da kommt ein Schiff daher,
(mit beiden Händen ein Fernrohr vor Augen bilden)

es fährt über das große, weite Meer.
(mit Hand Wellenbewegungen darstellen)

Die Fahne weht im rauen Wind,
(mit einer Hand `winken´)

sie zeigt, dass darauf Piraten sind!
(mit einer Hand Auge zuhalten)

Der 1. holt sein Fernrohr her:
(Daumen)

„Ich sehe Land, na bitte sehr!“
(Fernrohr vor Augen andeuten)

Der 2. kommt gelaufen auf das Deck:
(Zeigefinger – mit Füßen laufen)

„Käp´tn, Käpt´n, die Schatzkiste ist weg!“
(aufgeregt mit Armen deuten)

Der 3. ruft: „Wie kann das sein?
(Mittelfinger)

Ich hab´ sie erst geputzt, o nein!“
(Putzen andeuten)

Der 4. meint: „Ich hab´ sie geseh´n,
(Ringfinger)

sie müsste in der Koje in der Ecke steh´n!“
(mit Daumen über Schulter deuten)

Der 5. schluckt, ihm wird ganz heiß,
(kleiner Finger / lautes Schluckgeräusch)

er ist der Einzige, der es weiß:
(nicken)

„Männer, Männer, es tut mir leid,
(Hände vor Augen halten, Kopf schütteln...)

ich hoffe, dass ihr mir verzeiht!
(mit aneinander gelegten Handflächen flehen)

Ich hab´ sie auf der Insel stehen lassen...“
(`Insel´ in Luft zeichnen)

Die andern können es gar nicht fassen:
(entsetztes Kopfschütteln)

„Waaaas?“ ruft der Käpt´n wenig entzückt.
(böser Gesichtsausdruck)

„Ich glaub´, du bist schon ganz verrückt!“
(mit Handfläche auf Stirn schlagen)

Sie hissen die Segel und fahren zurück,
(mit beiden Händen `Segel´ hochziehen)

ich hoffe, sie haben beim Suchen viel Glück!
(Hände falten)

# Pirat, wie tief ist das Wasser?

## Piraten Fangspiel

Ein Piraten Fangspiel, dass sich toll in das Projekt Piraten integrieren lässt. Das Spiel ist auch unter dem Namen „Fischer, Fischer, wie tief ist das Wasser?“ bekannt.

**MATERIAL:**

- kein Material erforderlich, außer einige Freunde…

**VORBEREITUNG:**

Gespielt wird auf einem möglichst großen, rechteckigen Spielfeld. Das Spielfeld ist das Meer. Ein Spieler ist der Pirat. Er stellt sich an einer Seite des Spielfelds auf. Auf der gegenüberliegenden Seite stehen die restlichen Spieler.

**SPIELIDEE:**

Die Spieler rufen:
„Pirat, Pirat, wie tief ist das Wasser?“
Der Pirat antwortet mit einer Zahl, z.B.: „Fünf Meter tief!“

Die Spieler rufen:
„Wie kommt man darüber?“
Nun nennt der Pirat eine Aufgabe, die die Mitspieler erfüllen müssen, um über das Meer zu gelangen. Nennt der Pirat zum Beispiel als Aufgabe „Hüpfen!“, dann müssen alle Spieler das Feld hüpfend überqueren.

Der Pirat versucht die Spieler bei der Überquerung des Spielfeldes zu fangen. Die Spieler versuchen das Spielfeld zu überqueren, ohne vom Piraten abgeschlagen zu werden. Wer abgeschlagen wird, hilft dem Piraten in der nächsten Runde beim Fangen! Wer zum Schluss übrig bleibt, der ist der Pirat in der nächsten Runde!

**Hier einige Aufgaben, die der Pirat stellen könnte:**

Laufen, rückwärts gehen, krabbeln,….

# Male oder schreibe Deine eigene Piraten-geschichten